I0683649

Ye

23698

¹97

QUELQUES FLEURS

SUR

LA CENDRE

d'Auguste Michel,

DU VILLAGE DE PIGNAN;

Poème élégiaque, en vers libres.

> Tristes réflexions, qui revenez sans cesse,
> Faut-il qu'à vos horreurs mon cœur soit immolé ?
> Éloignez-vous de moi, dévorante tristesse ;
> Laissez-moi le repos que le Seigneur me laisse,
> Et cessez d'accabler mon esprit désolé.
>
> M.lle Désoullières.

A MONTPELLIER,

DE L'IMPRIMERIE DE M.me V.e PICOT, née FONTENAY,

SEUL IMPRIMEUR DU ROI.

1825.

A M. MICHEL.

En destinant ces vers à faire le tableau
Du mortel vertueux qui vous donna la vie,
L'amour-propre n'a point dirigé mon pinceau.
Qui connaît mieux que moi mon trop faible génie?
Guidé par un motif plus louable et plus beau,
J'ai peint les sentimens de mon ame attendrie:
　　La tendresse et la vérité,
　　M'ont inspiré cet humble ouvrage,
Où la seule amitié rend un public hommage
'Aux mânes d'un ami justement regretté.

Héritier de son nom, que tout Pignan vénère,
'Au service de Dieu sans réserve assidu,
Puissiez-vous en sagesse égaler votre père,
Et rendre à vos parens tout ce qu'ils ont perdu!

Pierre Grollier.

PRÉFACE.

Dans un temps où l'incrédulité semble annoncer, par les ravages toujours croissans qu'elle fait sur les esprits du 19.ᵉ siècle, la dissolution du monde moral; lorsque le scepticisme est le ton de convenance des esprits forts de nos jours et le propre de l'ignorance orgueilleuse, n'est-il pas un peu téméraire d'oser livrer à l'impression un éloge de ce genre? l'éloge d'Auguste MICHEL? En effet, s'ils se donnent la peine de le lire, que trouveront-ils dans la conduite religieuse de ce modèle de piété? Un tissu de *préjugés*; car c'est ainsi qu'ils appellent les dogmes de la Religion, qu'ils ne connaissent souvent pas, et que néanmoins ils voudraient tourner en dérision. Je leur déclare donc d'avance, que je me soucie fort peu de leur approbation ou de leur blâme; toutefois cependant, en tant qu'il s'agirait de principes religieux.

Mais, les gens de bien eux-mêmes, ne seront-ils pas étonnés de voir l'excès d'amour de Dieu et du prochain que j'attribue à l'ami que je chante? Non sans doute : ne savent-ils pas que le juste, pressé par la grâce de l'Esprit saint, est capable de s'élever aux vertus les plus sublimes? qu'il n'est aucun sacrifice qui lui coûte? qu'il supporte les souffrances avec résignation? qu'il offre continuellement sa vie

★

à celui qui la lui a donnée? et que, dans un sentiment
profond d'humilité, il s'écrie, à la vue de sa bas-
sesse : *Vraiment Dieu seul est tout, l'homme n'est
rien ?* D'ailleurs, la lettre qui fut adressée à la veuve
Michel, pour lui annoncer la mort de son mari,
quelques minutes après, et les sentences que celui-ci
a écrites à sa famille ce jour même, donneront,
mieux que tout ce que je pourrais dire ici, une idée
de son ardente foi, que l'on peut comparer, sans
craindre un démenti, à celle des chrétiens de l'Église
naissante. (V. pag. 14 et 15, note.)

En juillet 1824 (ces détails guideront le lecteur),
nous nous rendîmes, Michel, Azaïs, Romieu et moi,
tous amis communs, à Laverune, pour visiter le parc
de M.me Brunet. C'est alors que Michel me fit part
de la résolution qu'il avait prise, d'aller voir son fils,
pensionnaire du collége d'Aix, maison S.te-Croix. Il
partit de Pignan bientôt après, quoiqu'il ne jouît pas
d'une santé parfaite; et l'on ne tarda guère à apprendre
qu'il était tombé malade. Un parent et un ami volèrent
vers lui, pour le soigner; mais la violence du mal,
qui augmentait sans cesse, fit pressentir à Michel sa
fin prochaine. Dès-lors il se prépara à mourir comme
il avait vécu. Il demanda seulement que l'on coupât
de ses cheveux lorsqu'il aurait cessé d'être, pour les
donner à sa femme, à ses parens et à ses amis, afin,
dit-il, qu'ils ne m'oublient pas dans leurs prières;
et il rendit en paix son ame au Seigneur.

J'ai rempli la tâche que je m'étais imposée; heureux
si j'ai su m'en acquitter dignement !

QUELQUES FLEURS

SUR

LA CENDRE D'AUGUSTE MICHEL.

1824.

Muse, fais retentir tes douloureux accens;
Viens te joindre à ma voix au milieu des ténèbres;
Tu seras consacrée à des honneurs funèbres:
Et vous, pour exprimer la peine que je sens,
Coulez, mes vers, coulez sous ces feuillages sombres;
Peignez les sentimens de mon cœur abattu;
Qu'en mêlant mes soupirs à la vapeur des ombres,
  Je rende hommage à la vertu.

O! toi dont l'ame était si sensible et si belle,
C'en est fait sans retour, tendre ami, tu n'es plus!
Ce peut-il?... Tu n'es plus!... ô douleur éternelle!
Vain espoir, faibles vœux; ils étaient superflus!
La terre avait reçu ta dépouille mortelle,
Et ton esprit touchait au bonheur des élus.
Oui! j'ose l'assurer! ton sort n'est point à plaindre:
L'impie et le pervers laissent beaucoup à craindre;
Mais il n'est point d'enfer pour tout homme de bien,
A qui, sans aimer Dieu, le monde entier n'est rien.
Les douceurs d'ici-bas n'étant que passagères,

Heureux celui qui suit le chemin de la croix!
Car, au pied de l'autel qu'ont eu servi mes pères (1),
Ce jour où le lieu saint résonnait de nos voix,
Non, je ne pensais pas confondre nos prières,
Nos accens et nos vœux pour la dernière fois.

La Mort, incessamment avide de victimes,
Exerçant son courroux contre tous les humains,
Moissonne tour à tour l'homme souillé de crimes
Et celui qui de sang ne rougit point ses mains;
On a vu, sous sa faulx, les princes magnanimes,
Ainsi que l'homme obscur, terminer leurs destins.
De l'homme, quel qu'il soit, la tombe est le partage :
Un grand nom, des aïeux, ni l'amour de la foi,
Ne font point éviter, même à la fleur de l'âge,
      L'inévitable loi.

Je me retrace encor ces momens pleins de charmes
Où, d'aller voir ton fils, tu me dis le dessein :
Nous étions pour nos jours sans crainte, sans alarmes;
Nous semblions du bonheur reposer sur le sein :
Des chênes sourcilleux nous prêtaient leur ombrage;
La Naïade épanchait ses fugitives eaux;
Un zéphir bienfaisant agitait le feuillage,
Et l'écho répétait le concert des oiseaux.
Là, tout semblait fêter l'amitié mutuelle;
Mais il fallut sortir de ce calme enchanteur
Où venait soupirer la tendre Philomèle (2);
Vesper (3) allant des cieux parcourir la hauteur.

---

(1) Mon père et ma mère étaient de Pignan.
(2) Le rossignol. — (3) L'étoile de *Vénus*.

Nous nous quittons. Bientôt, tu pars pour la Provence ;
Tu presses ce cher fils, il comble ton espoir ;
Hé ! qu'avais-tu quitté ? Ce peut-il, plus j'y pense ?
Tes parens, tes amis pour ne plus les revoir !
La Mort, qui savait bien le bout de ta carrière,
N'attendait pour frapper qu'une fatale nuit :
Elle est close ; et soudain, tu n'es à la lumière,
     Qu'une ombre qui s'enfuit !

Tel que l'astre du jour, au-delà du tropique,
Dans les mers d'Occident précipite ses feux ;
Tel, et plus prompt encor, ton esprit angélique,
A la terre d'exil fit ses derniers adieux.

Habitans de Pignan ! c'est vous tous que j'atteste ;
Racontez les vertus de ce mortel pieux !
Du flambeau de ses jours Aix vit finir le reste ;
Mais son nom est gravé dans vos cœurs généreux :
Bon père, bon époux, ami des plus sincères,
Il s'était sans efforts attiré tous les cœurs ;
Nos frères séparés étaient toujours ses frères :
Prier pour les méchans, déplorer leurs erreurs,
Ce n'était, selon lui, qu'une vertu commune ;
Et, loin des embarras de la foule importune,
Il fuyait des propos trop souvent imposteurs.

Tandis que dans les jeux, la frivole jeunesse,
Savourait à l'envi ce qu'on nomme plaisirs,
MICHEL, dont le nom seul inspire la tendresse,
A faire des heureux occupait ses loisirs :
Tantôt, en visitant les pauvres sans ressource,

BIBLIOTHÈQUE IMPÉRIALE

Il épargnait des maux, compagnons des besoins ;
Et tantôt du vieillard sur la fin de sa course,
Il charmait les ennuis pour qu'il en souffrît moins.
On eût dit que c'était un moderne Tobie ;
Bienfaisant comme lui, comme lui sans envie.

Qu'on voit des malheureux, poursuivis par la faim,
Vers des cœurs inhumains tendre une main débile,
Conjurer, en pleurant, qu'on leur donne du pain !
Ils ont cru l'obtenir ; espérance inutile ;
Ils implorent encore, hélas ! et c'est en vain ;
Mais toi, pieux Michel (que ton souvenir touche !),
Si tu n'avais pas eu de quoi le secourir,
Tu l'eusses mieux aimé refuser à ta bouche,
Que de voir sans secours ton semblable gémir.

Vivement pénétré des vérités augustes,
Il les communiquait à ses concitoyens,
Qui vivaient plus heureux, en devenant plus justes,
Et marchaient d'un par sûr vers les suprêmes biens.
Il me semble le voir quand sa bouche sincère,
Prenant avec ardeur les intérêts du Ciel,
Exposait des mortels l'orgueilleuse misère,
Dès qu'ils ont *secoué le joug* de l'Éternel ;
Ou bien, anéanti devant le sanctuaire,
Enseigner le respect que l'on doit à l'autel.

Pénitent dans le cœur, dévot sans imposture ;
Et des plaisirs mondains pleinement détrompé,
Il voulait imposer silence à la nature,
Ne vivant que pour Dieu, de Dieu seul occupé.
Aussi, s'il ne voyait manger le pain des anges,

Ni porter humblement le fardeau de la croix,
C'était peu qu'en chantant d'hypocrites louanges,
On criât au Seigneur : « *Je t'adore et je crois.* »

Oh! comme il se plaisait à louer sa puissance!
S'il cédait à la grâce, au divin aiguillon,
Il savait étouffer l'orgueil, qui s'en offense;
S'abaisser dans son cœur, se faire violence;
Prier même en creusant un pénible sillon.
Sévère pour lui seul, il se faisait justice;
S'il craignait que son corps l'excitât à pécher,
Il le tenait captif dans un rude cilice,
Le privait de repos, en macérait la chair;
Jusqu'à la lie enfin, il a bu le calice.

Et vous, jeune et digne pasteur (1);
Vous, qui favorisiez les succès de son zèle,
Dites, en apprenant cette triste nouvelle,
Ne sentîtes-vous point se briser votre cœur?
Elle arracha des pleurs à l'œil le plus stoïque;
Je sentis, à la fois, mon visage pâlir,
Tout mon sang se glacer, et mes genoux fléchir;
A Pignan, ce jour-là, la peine était publique (2).
Quel affligeant tableau s'offre dans ce moment:
La veuve se désole et perd le sentiment;
L'un déplore un ami, l'autre regrette un frère;

_____

(1) M. Gosserand, alors curé de Pignan.
(2) La nouvelle de la mort d'Auguste Michel y fit d'autant
plus de sensation, qu'il était estimé de tout le monde, même
des protestans. Il n'était âgé que de 34 ans.

Un père pleure un fils (1), et deux filles un père.
Ce spectacle touchant avec le jour finit;
Mais Agathe, croyant que le Ciel la punit,
Au milieu des sanglots lui fait cette prière :
« Seigneur! toi qui connais mon ame tout entière,
» Prends pitié de mes maux, j'ai perdu mon ami!
» Juste ciel! dans ta paix, il s'est donc endormi?
» Comme nos jours coulaient dans une paix parfaite!
» Tu l'avais fait, ô Dieu, si sensible! si bon!
» Ah! loin de t'offenser, Agathe ne regrette,
» Ne déplore un époux qu'en bénissant ton nom;
» Pourrait-elle rester insensible et muette?...
» Mes beaux jours son finis; je t'en fais l'abandon.
» Jette, jette un regard au fond de ma retraite:
» Le cœur gros de soupirs, seule avec mes douleurs,
» J'y baise ces cheveux, que je mouille de pleurs;
» D'un époux si chéri, voilà ce qui me reste :
» Hélas! en me couvrant de tristesse et de deuil,
» Tu me prives aussi du plaisir, bien funeste,
        » D'embrasser son cercueil!
» Je suis donc bien coupable, ou bien infortunée....
» Non! non! si je n'ai point, à le suivre obstinée,
» Des devoirs de ta loi cessé de m'acquitter,
» J'espère quelque jour, de gloire environnée,
» Rejoindre cet époux pour ne plus le quitter. »

Vivre pour bien mourir, c'est toute la sagesse!

___

(1) Il avait encore son père et sa mère, et laissait trois enfans:
un garçon et deux filles

Mais nos imitateurs de Pyrrhon (1), de Lucrèce (2),
Prendraient-ils un parti qui les dût contrister?

> Certes, un sage de la Grèce,
> Sans paraître s'épouvanter,
Avala le poison qu'il ne put éviter;
Depuis lors jusqu'à nous on admire Socrate,
> Et le fier vainqueur de l'Euphrate
Aux poètes français inspire moins de vers (3).

Pourtant dès que le Christ eut chassé les ténèbres,
> Qui couvraient tout cet univers,
Rome vit dans ses murs des trépas plus célèbres :
De généreux martyrs sous le fer des tyrans,
Couraient porter leur tête et mouraient triomphans;
De leur sang innocent les places furent teintes,
Des tourmens, ô prodige! animaient les Chrétiens :
La foi les soutenait en dissipant leurs craintes,
Et leur ardeur glaça les empereurs païens (4).

Prétendus esprits forts, voyez-vous ces merveilles (5)?
Soyez de bonne foi; répondez sans détours,
Dites si de tels faits ont frappé vos oreilles,
Parmi vos sectateurs qui passent tous les jours.
Le libertin se dit, dans son humeur brutale :

---

(1) Philosophe grec qui doutait de tout. — (2) Epicurien.

(3) Voyez ce qu'en dit J.-B. Rousseau dans son ode à la Fortune. — M. Lamartine fit paraître, en 1823, un poème sur la mort de Socrate. Je ne sache rien qui ait paru sur Alexandre.

(4) Les Dèce, les Dioclétien, etc.

(5) A. Michel, qui ne manquait pas de moyens, et surtout de moyens littéraires, leur adressa une épître en 1821.

Un Dieu? Dieu n'est qu'un mot, ou plutôt Dieu n'est
rien (1).

Homme, voilà comment le vice te ravale;
Tu voudrais te ravir jusqu'au souverain bien.
Vainement, malgré toi, tu dis n'être que boue :
Ce que ta bouche dit, ton cœur le désavoue.
Puis tu te démentis aux portes du trépas.
Qu'il est triste de voir, par un esprit superbe,
Méconnaître le Dieu, qu'il voudrait n'être pas!
Il feint de le braver, l'insensé; mais, hélas!
S'il se dit qu'un cercueil doit le cacher sous l'herbe,
A ce monde il voudrait pour toujours s'enchaîner;
Et lorsque des plaisirs la saison est passée,
Qu'il voit avec les ans sa santé décliner,
Ses compagnons le fuir, sa fortune éclipsée,
Il déteste des jours qu'il n'ose plus traîner (2).
Voilà tes esprits forts, vaine philosophie;
Vante-nous la raison. Si loin de tout prévoir,
Elle n'offre pour fin qu'un cruel désespoir,
A tes discours pompeux est bien fou qui se fie :
Combien des tes savans, à l'aspect de la mort,
Ont frémi d'épouvante (3) et pleuré sur leur sort?

___

(1) Michel m'a eu dit, qu'il ne pensait pas qu'il y eût de libertin qui ne donnât la moitié de ce qu'il possède pour que cela fût. Il en jugeait par leurs actions.

(2) L'auteur d'*Émile* (J.-J. R.) s'empoisonna pour se débarrasser de la vie.

(3) Qui ne sait l'état affreux dans lequel se trouvait, à ses derniers momens, le patriarche de la philosophie moderne? Il est pénible de lire ce qu'en rapporte Tronchin.

Sainte religion, toi que l'impie outrage,
Des doctes mieux instruits n'ont pu te dédaigner;
Tu répands tes bienfaits du Gange jusqu'au Tage,
Et tes enfans soumis dans les Cieux vont régner:
« Allez en paix; partez, le Seigneur vous appelle;
» Un trône vous attend, leur dis-tu, hâtez-vous;
» Allez vous décorer de la palme immortelle. »

Agathe, si tu veux imiter ton époux,
Cesse de t'affliger; le Très-Haut te l'ordonne:
Jaloux de ce qu'il veut, juste dans ce qu'il fait,
Il dispose à son gré de tout ce qu'il nous donne.
Ah! s'il n'a pas voulu que ce chrétien parfait,
Sur la mer de la vie éprouvât des tempêtes;
S'il vient de l'enlever à ton cœur attristé,
Va, du séjour des morts, il l'a conduit aux fêtes
          De l'immortalité!

Mon ame te bénit, ô Dieu de vérité!
Je sais que dans tes mains tu tiens nos destinées,
Et qu'au milieu souvent des plus belles années,
Tu nous contrains d'ouïr un éternel arrêt;
Heureux qui peut alors, à mourir toujours prêt,
Montrer un front serein au trépas qui l'aborde!
Or, Michel; plein d'espoir et la paix dans ton cœur,
Tu présentas ta vie en offrande au Seigneur,
Pour te précipiter dans sa miséricorde (1).

_____

(1) On verra par la lettre ci-dessous transcrite, que si j'ai
pu me tromper, ce n'est pas en élevant trop haut un homme
dont l'amitié m'honorait d'autant plus, qu'elle avait commencé

Qu'importe que ton nom ne soit pas répandu,
Pourvu que l'on n'ait dit que tes propres mérites?
Et puisque ta vertu n'avait point de limites,

sous les auspices de la piété. Louer Dieu, admirer la manifestation de sa puissance infinie; saluer de loin la céleste Sion; tels étaient les plaisirs que nous procuraient nos entretiens. Aimables souvenirs, pourquoi me causez-vous des soupirs et des larmes!

Voici comment s'exprime le supérieur du collége, maison Sainte-Croix, à Aix:

« MADAME,

» Vous avez appris, coup sur coup, les nouvelles les plus affligeantes. Il a fallu toute votre piété pour vous résigner à la volonté de Dieu, qui paraissait se préparer à vous frapper rudement. Hélas! Madame, fallait-il que je fusse destiné à vous annoncer le dénouement fâcheux du plus affligeant spectacle! M. Michel a vécu en saint; ne doutons point qu'il n'ait paru devant Dieu comme les Saints. y paraissent, par tout le riche trésor de ses vertus et de ses sacrifices.

» Je ne chercherai point, Madame, à vous consoler de la perte que vous venez de faire, vous, vos enfans et vos amis; elle est irréparable. Je sens tout ce que vous avez perdu : un époux orné des meilleures qualités, d'une piété rare, d'un zèle enflammé pour les intérêts du Seigneur; un modèle à proposer.

» Il nous a édifiés tous pendant sa maladie. Quelle résignation religieuse! quelle gaîté au milieu des douleurs, quelquefois très-aiguës! Il n'habitait plus que le ciel par ses pensées et par les affections de son cœur. Quelle touchante piété il a montrée en recevant les derniers sacremens! Nous en conserverons long-temps le souvenir. Espérons, Madame, que celui qui a été votre soutien, votre modèle, votre consola-

L'amitié te consacre un encens qui t'est dû :
Tel qui n'eut ici-bas que d'illustres ancêtres,
Et qui déshonora les héros de son sang,

---

tion pendant cette vie mortelle, sera désormais votre pro-
tecteur dans le ciel. Cependant, prions le Seigneur pour le
repos de son ame, ainsi que pour votre consolation. Dieu
seul, Madame, Dieu seul peut calmer votre douleur. C'est
entre ses mains adorables que je vous laisse.

» Votre fils et M: Maurin n'ont pas la force de vous écrire
par eux-mêmes ; ils sont baignés de leurs larmes. Ils se sont
déchargés sur moi du soin de vous exprimer leur douleur.

» J'ai l'honneur d'être, Madame, votre dévoué serviteur,

» JÉRÔME, prêtre, supérieur, *signé.* »

Aix, 17 août 1824.

A 9 heures du soir. (La mort est survenue à 9 h. moins vingt minutes).

A LA PLUS GRANDE GLOIRE DE DIEU !

Je demande pardon à mon père, à ma mère et à tous mes
parens ; je suis fâché de ne pouvoir leur donner la satisfaction
de m'embrasser.

☞ Ma chère AGATHE, console-toi ! Fais des efforts pour
que nous puissions un jour partager la gloire que j'espère de
la miséricorde de Dieu.

☞ Mes chers enfans, *aimez-vous les uns les autres*, et soyez
un exemple dans votre paroisse, de toutes le vertus. Tout n'est
rien, excepté d'aimer Dieu.

☞ Et vous, mon cher frère et ma chère sœur, je vous re-
commande mes enfans.   A.te MICHEL.

N. B. Il écrivait de sa propre main ce qu'on vient de lire, le
dernier jour de sa vie, vers 7 heures du matin ; le soir il cessa
d'être, comme il est dit ci-dessus.

En servant des penchans qu'il se donnait pour maîtres,
Ne peut point à mes yeux être admis à ton rang.
L'illusion finit : près du juge suprême,
Nous sommes tous pesés au poids de l'équité;
Là, le grand sans vertus, confondu par lui-même,
S'indigne, mais trop tard, d'être déshérité;
D'inutiles remords accablent sa pensée;
Tout s'est évanoui, sa grandeur est passée;
Et c'est avec horreur qu'il voit l'éternité.

Le juste reste calme au bout de sa carrière,
Il prie avec ardeur, sait se taire et souffrir...
Ah! lorsque tu touchais à cette heure dernière,
Que n'ai-je pu te voir pour apprendre à mourir!
Je saurais à mon tour mépriser la matière
Que je vois d'un œil froid, destinée à pourrir.
Telle n'a pas été la volonté céleste.
Il faut s'y résigner; je le veux, je le doi:
Je crains Dieu, cher ami.... tu sais assez le reste.
Du haut de l'empyrée implore-le pour moi;
Tes prières pourront me le rendre propice,
Et peut-être qu'absous au jour de la justice,
Je viendrai l'adorer de plus près avec toi.

Enfin, de te parler puisqu'il faut se défendre,
Adieu. Tous les instans creusent notre tombeau;
Des amis tôt ou tard pleureront sur ma cendre,
Et j'espère du Ciel le bonheur d'y descendre
Par un trépas si beau.

FIN.

BIBLIOTHÈQUE ROYALE

www.ingramcontent.com/pod-product-compliance
Lightning Source LLC
Chambersburg PA
CBHW061416170626
46811CB00005B/2013